AB_eC_eCIRCO

© Del texto: Daniel Nesquens, 2014
© De las ilustraciones: Alberto Gamón, 2014
© De esta edición: Grupo Anaya, S.A., 2014
Juan Ignacio Luca de Tena, 15. 28027 Madrid
www.anayainfantilyjuvenil.com
e-mail: anayainfantilyjuvenil@anaya.es

Primera edición, mayo 2014

ISBN: 978-84-678-6145-7
Depósito legal: M-7374-2014
Impreso en España - Printed in Spain

Las normas ortográficas seguidas son las establecidas
por la Real Academia Española en la *Ortografía
de la lengua española*, publicada en el año 2010.

Daniel Nesquens

ABECECIRCO

Ilustraciones de Alberto Gamón

ANAYA

Admirables acróbatas
andan asustados.

Bufones bigotudos brincan boquiabiertos.

Cuatro contorsionistas
consiguen cualquier cosa.

Domadores de dinosaurios desfilan despeinados.

Elefantes espabilados ensayan equilibrios.

Flacos faquires fingen flotar.

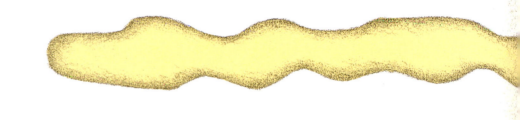

Gimnastas gruñonas gesticulan.

Hombres hipnotizados hablan holandés.

Ilusionistas ingeniosos inventan insectos.

Jinetes jubilosos juntan jarrones.

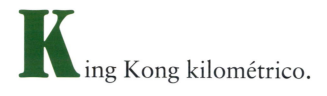

King Kong kilométrico.

Listos leopardos lían los látigos.

Malabaristas miopes miran muy mareados.

N ueve niños numeran naipes.

Ñus ñeques.

Observen: original orquesta oriental.

Payasos patinadores
perfeccionan piruetas.

¿**Q**uién quiere quesadillas?

Ratoncillos rojos
recitan rimas románticas.

Señores, señoras… ¡soplen!

Tragasables tatuados tiemblan temerosos.

Unicornios únicos usan uñas ultramodernas.

Virtuosos volatineros vuelan valientes.

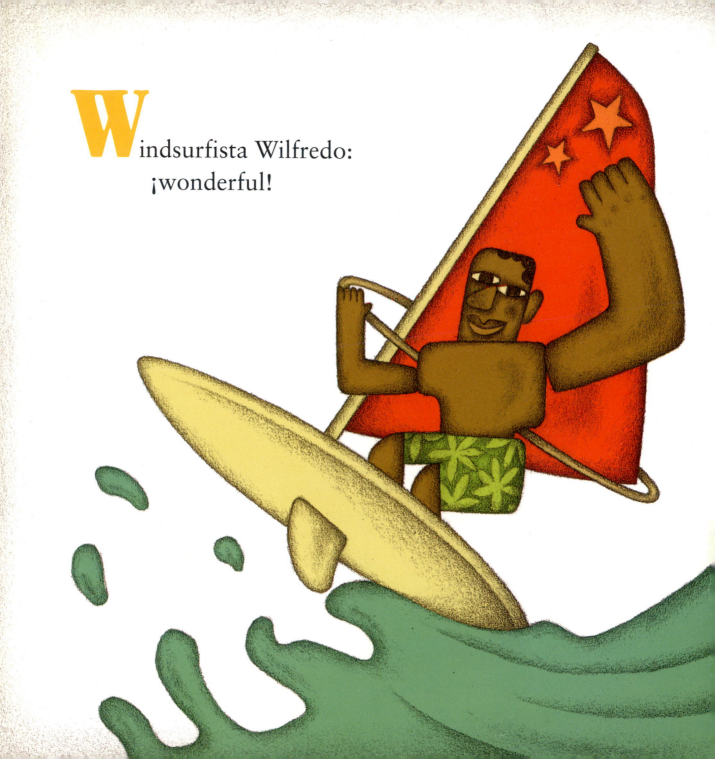

Windsurfista Wilfredo:
¡wonderful!

¡¡¡**X**ilofonistas!!!

Yoguis yudocas.

Zanjamos,
¡zis! ¡zas!